금정산을 보냈다

산지니시인선 001

금정산을 보냈다

최영철 시집

산지니

| 시인의 말 하나 |

때로 우둔이 길 없는 길을 오래 가게 한다.

| 차례 |

제2부

제3부

제 1 부

러시안룰렛게임

내 몸은 지뢰 묻힌 어두운 풀밭
장사지내지 못한 전우의 시체 말라가는
구덩이 구덩이 숨바꼭질 뛰노는 밤
거미줄 구름다리 시한폭탄 그 아래
잘 차려진 시식 코너 한 상
재료는 동포의 살점 원수의 뼈
찢긴 호주머니 속 젖은 담배 몇 개비
안전벨트 벗어 던진 마지막 승부처
포격으로 산산조각 난 집터 어루만지며
혈육의 잔해 앞에 구토하는 피투성이의 밤
살아도 죽어도 썩어갈 확률 반반
남은 생 다 걸고 최대 승부수 앞에 발가벗은
황홀한 봄밤의 러시안룰렛게임

문이 생기고 난 뒤

문이 없었을 때는 아무 일 없었다
문이 없었을 때는 열고 닫고 잠그고 부수고
몰래 넘어갈 일 없었다
모두 문이요 모두 안이요 모두 밖이었으니
들어오시오 나가시오 들어오지 마시오 나가지 마시오
문이 없었을 때는 이런 말도 없었다
고독 불안 단절 공포 잠입 점령 탈출
엿듣지 마 엿보지 마 문이 없었을 때는
이런 말도 없었다 바야흐로 금세기 모든 재앙은
오래전 안팎을 나누고 알뜰하게 문을 잠그면서
시작되었다 커다란 자물쇠와 열쇠로
버티고 서서 합격 불합격 입장 퇴장 상승 하강
다시 오시오 돌아서 가시오 다른 방법으로 오시오
다시는 이 근처 얼씬도 마시오
판정 내리면서부터 시작되었다 바야흐로 그 문을
넘어보고 싶어 밀쳐보고 싶어 넘보고 싶어
부수고 싶어 벼르고 벼른 사이
아무 생각 없던 생각이 꼬리친 생각의 오합지졸들이

용기백배 도둑 강도 강간 살인으로 세를 불리면서
시작되었다 안에 무엇이 있는지 기웃거린 사이
무엇이 있기에 저리 문 꽁꽁 닫아걸었나 엿보는 사이
문제의 싹이 손을 내밀었다 궁금해 미치기 일보 직전
모두 문이 아니고 모두 안이 아니고 모두
밖이 아니게 되었을 때 어디가 어딘지 몰라
다들 기웃거리게 되었을 때
참 이상하게도 문이 너무 많이 생기고 나서
긴 파국은 시작되었다

냉장고 속을 보여 드릴까요

들끓었던 한때가 참 아름다웠다고 말하고 있군
삶을 장담할 수 없어 토막은 냈지만
발가락이 자꾸 꼼지락거리고 있군
그 중엔 빨간 칠을 하고
노릇노릇 익은 살덩이도 있군
이박삼일 진액을 뽑아낸 사이
내 삶의 건더기가 저리 뿔뿔이
흩어질 줄 몰랐다고 말하고 있군
단물 빠진 뼛조각과
입 다물고 눈 까뒤집은 살조각엔
아무도 경배하지 않는다고 투덜대고 있군
요동치던 한때가 미쳐 날뛰는 한때를 내다보며
추운 몸을 움츠리고 있군
저만큼 버려진 한때의 토막에서
군침이 계속 흘러내리고 있군
그 한때가 참 아름다웠다고 말하고 있군
아무리 문 닫고 이불을 뒤집어써도
찬바람만 쌩쌩 부는 층층의 거처에 와서야

삶이 참 순간이었다고 말하고 있군
따뜻했던 한때가 모두 옛날이었다고 말하고 있군
들끓었던 한때가 거짓일지 모른다고 말하고 있군

난파 2014

엎어진 채 전속력으로 달리고 있었습니다 엎질러진 채 축포가 터지고 있었습니다 허물어진 채 거대한 준공식이 계속되었습니다 몹쓸 우환이 알을 까고 무엇인가를 주워 담아 뒤춤에 숨기느라 위아래 아무도 듣지 못했습니다 보지 못했습니다 정적은 숨넘어가는 아우성이었습니다 환호는 조용한 통곡이었습니다 그날 날려 보낸 새들이 이제 막 날아오른 새들과 함께 차창에 부딪혀 한꺼번에 머리가 깨졌습니다 질주는 공중분해되고 브레이크는 처음부터 없었습니다 어제의 승승장구가 산더미처럼 쌓여 물길을 틀어막았습니다 항로를 움켜쥔 채 내빼던 쾌속선은 처음부터 이미 목표를 이탈한 난파선입니다 밤마다 휘영청 달은 밝았지만 그건 선지자의 부릅뜬 경고, 그만하라고 내젓는 손사래였습니다 수천수만수억이 내지르는 박수갈채는 장엄한 비명이었습니다 허물어지는 소리를 듣지 못하게 한 귀먹은 환호였습니다 눈멀어 집채만 한 아우성을 보지 못했습니다 손발은 벌써 꽁꽁 묶여 있었습니다 정말 모르셨나요 하부는 이미 오래 전 다 허물어져 있었습니다 그걸 딛고 서서 상부는 으스댔니다 그대들은 통곡하고 또 다른 그대들은 눈과 귀를 틀어막고 그대의 그대들은 아직도 인큐베이터에서 숙성 중입니다 끔찍한 기억 때문에 인큐베이터는 밤마다 거친 파도소리로 웁니다 그대들은 내다볼 기분이 아니었지만 밤마다 그대들의 그대가 몰래 끄집어내 갔습니다 몇 걸음 내디뎌 보다가 그대들이 다시 인큐베이터 안으로 들어가고 있습니다 잠깐 몇 걸음을 내디뎠을 뿐인데 다리가 잘리고 팔이 잘리고 목이 잘려 다시는 끄집어내지 못하도록 저들끼리 몸을 묶었습니다 이제 좀 안심이 되는가 봅니다 어두운 세상이 더 잘 보이도록 모두 눈을 감고 조용히 불을 껐습니다

외로운 밤 조용한 밤 불안과 잠든 밤

나는 역할 없이 등 돌리고 누운 엑스트라
아무도 내 밥상을 걷어차진 않아
영화는 나 없어도 돌아가지 몸을 뒤틀어도
한마디 대사 없이 저기 누워 잠들었다 해도
팔다리 풀어놓고 오장육부 말렸다 해도
영화는 돌아가지 간밤에 방사한 수음의 자식들
줄지어 방을 걸어나가기 전
당신 얼굴 한참 내려다보고 갔다 해도
나는 카메라 따위나 의식하는 엑스트라
조명이 잠시 먼산을 바라보는 사이
얼른 알을 깨고 하늘로 날아올라야 하는 엑스트라
그 옆에 수북이 벗어 놓고 온 알맹이
큰놈은 달이 되고 작은놈은 별이 되겠지
줄지어 승천한 저 하늘의 애장터
그래도 밤은 나 없으면 한숨도 못 자
나도 너 없으면 한숨도 못 자
밤의 애첩 고적한 불안 너와 한바탕 뒹굴지 않고는
한숨도 안 자 절대 못 자

고독이 나를 짓뭉개고 도망가기 전에는

흐린 후 흐림

태어났으나 태어날 수 없었던 머리
죽었으나 차마 죽일 수 없었던 몸통
걸어간다 걷고 있으나 이미 뛰어간 다리
날고 싶었으나 제자리 꽁꽁 묶인 손과 발
간다 한 발자국도 나아가지 않는 후진
간다 첨벙 멀어진 뜬구름 신나게
끄떡끄떡 인사하는 정지된 철갑 모가지
벌써 눈 떴니
벌써 꿈 버렸니
그러지 말고 나 한 번만 간질어 줄래
그 자리 붙박여 발버둥치는 불가침의 두 발
남은 떨거지들 좀 더 바둥거림
그마저도 놓친 밤
한치 앞도 없는 어두컴컴한 낮
걸어도 땀이 흐르지 않는 뜨거운 사막
말려 올라간다 비행기 꼬리에 붙어
수억이 환호하는 아침 저 뒤편
붙잡지 못하고 바라보는 무 다리 두 쪽

배고파 임신한 머리통
미안 편애는 옹졸한 인간의 사명
박애는 성자와 매춘부의 몫
비가 오려나 저만큼 가버렸네
그만 문 열어둬 광활한 감옥
똑 또옥 두드려 걷어차 버려
버 리 렴
간지럼 하 하 열린 숨구멍

비 빗 비 빗 비 빗

지옥천국 천국지옥

지옥지옥 천국천국 만원
미안하지만 더 받을 손님 없음
미안하지만 더 내보낼 손님 없음
급한 대로 내일은 천국행 쾌속질주
급한 대로 글피는 지옥행 쾌속질주
즉결심판장이 꽉 차
재수없으면 오늘은 모두 천국
운수대통 내일은 모두 지옥
죽고 싶어 안달 난 사람 할 수 없이 천국
살고 싶어 애가 탄 사람 할 수 없이 지옥
어딜 가나 지옥천국 천국지옥 만원
지긋이 눈감고 묵비권만 행사해도
오늘까지 이승저승 내일까지 저승이승 만원
하루는 하품만 나오는 천국
하루는 신바람 나서 미쳐버릴 지옥
오늘 같은 내일이 절대 없을 천국지옥
내일 같은 오늘이 꿈에도 없을 지옥천국

문상

가긴 꼭 가야 하는지 물었습니다. 어디로 가시려는지, 뒤를 한번 돌아봐 주면 안 되는지 물었습니다. 가는 길이 춥지는 않으신지, 그 말은 왜 끝내 안 해주셨는지 물었습니다. 내일도 어제처럼 바람 불고 비 오는 날인지, 갈 때는 그렇게 아무 말도 않는 게 좋은지 물었습니다. 어제가 해 맑고 쨍한 날이었는지, 내일이 더 그런 날인지, 이제 그만 옆구리 아프지 않아도 되는지, 처방전 끊지 않아도 되는지 물었습니다. 거기도 꽃 지고 있는지, 눈물 한 방울 촉촉이 꽃 피고 있는지 물었습니다. 그때 박은 가슴의 대못은 언제 빼주시려는지 물었습니다. 가실 때는 미처 그러하였으나 다시 오실 때는 미리 전갈이나 해주시려는지 물었습니다.

어쩌지 백이십

백 살 넘게 가라면 뭘 하지
허송세월 어쩌지
산 만큼 또 살으라면 뭘 하지
지난 건 모두 무효
굳센 각오로 다시 뛰라면 어쩌지
앙다물 힘 없으면 뭘 하지
움켜쥘 주먹 없으면 어쩌지
터진 발가락 서너 개
지우며 온 길 다시 파헤치라면 어쩌지
아득히 멀어진 결승점
숨가쁜 날들 채찍질하면 뭘 하지
끝없이 밀린 혼곤한 길 어쩌지
흐리멍텅 하품으로 벌어진 하늘
죽은 만큼 또 죽으라면 뭘 하지

끝나지 않는 참극

제 몸으로 낼 수 있는 가장 강력한 소릴 내며
금방 총 한 방 쏘고 갔다

대를 물린 보복

원한이 하도 깊어
여름마다 떼로 몰려와

이 원수의 원수 자식아
너 여기 있었구나

총 한 방 쏘고 갔다

황토의 역사

남도를 물들인 어머니의 색이었지
춘곤증 논바닥을 가르던 가뭄
죽창으로 일어선 모반의 색이었지
생명줄 부여잡던 지푸라기 한 올
호사가의 유유자적 자신만만의 색이었지
파헤쳐진 야산의 무연고 무덤
수십 번 담그고 빨아 넌 저고리 색이었지
줄지어 펴 나른 덤프트럭 날랜 칼자국
우묵한 진창 흔적 가시지 않는
젊은 날의 피멍 든 족적이었지
땅으로 돌아가기 전 자지러지던 통곡
무슨 말에도 묵묵부답인 홀가분한 뒤통수였지
이제 고개 들어 변명할 그 무엇도 남지 않은
나의 너의 철면피
낯빛 한 번 바뀌지 않는 시치미
등 돌린 어깨 너머 기우는 저녁노을이었지
밤이 되어도 저물지 않는 어슴푸레한 불빛
악몽으로 지샌 꿈의 바탕색이었지

아 아 아무것도 떠오르지 않는
막막한 아침의 기운
아 아 아무것도 움직이지 않는
어둔 밤의 종말이었지

해골재떨이

담배 좀 그만 피라고
누군가 고안했을
해골재떨이
날 빤히 쳐다보며
넌 벌써 해골
넌 벌써 재떨이
살점 다 뜯어 먹히고
넌 벌써 뼈다귀만 남아
사십 년 넘게
오십 년 넘게
해골 벙거지
수북한 재가
건들건들
안은 다 녹아 없어지고
덜렁덜렁
뼛가루만 남아
가부좌 튼 해골 벙거지
이제 좀 그만 빨고

그만 헐떡거리고
그만 쿨럭거리고
비벼 끄시지
웃다가 실룩거리다가
퀭한 눈구멍
콧구멍 귓구멍
빈틈없이 꽂힌
수북한 독화살

한때 시

그때는 뜨겁고 생생했으나
그때는 서로 앞서가겠다고 야단법석이었으나
마을 입구 공동수도 끝없이 줄선
양동이 다 채우고도 철철 넘치던 봇물이었으나
산동네 꼭대기까지 나누어 쓰던 한 바가지 선심이었으나
비수처럼 번득이던 표적이었으나
잠든 그대 머리통 쥐도 새도 모르게 지나간 기별이었으나
이제는 흘러갈 곳 잃은 도랑물
천리길 한달음에 와놓고 남은 백리 앞에 주저앉은
아무도 받으러 오지 않는 헌혈 차량의 사과 반쪽
부끄럼만 늘어난 미지근한 침묵
출처를 알 수 없는 비행물체로 진화한
겨울 탕자 당신만이 입 훔치는 후식
이 엄동설한 떨지도 않고 배회하는 해독 불능의 허기
그래, 좋아, 죽어도, 당신만이 받아먹고 배 두드리다
어디 먼 곳 적선할 수도 내다버릴 수도 없게 된 미지근한 정표
그래도 괜찮다고 찾아오셨으니 천천히 꼭꼭 씹어

천리만리 가시다 배고픈 동무 만나면
아직 저 길모퉁이 끝집 아무 술꾼이나 받아주는
만만한 주막거리 하나 있더라 전해주시길
다 타버린 꽁초로 떠내려가다
마지막 남은 재로 흐릿한, 문질러진 자국

환경독재를 꿈꾸며

나는 이제 자본과 민주가 싫다
한 끼 주린 배를 채우려는 게 아니라
한바탕 거방지게 놀아보려고 불시에 담을 넘은
분노 때문이 아니라 막다른 두려움 때문이 아니라
스스로의 수치와 불안 때문에 치솟는 성욕 때문에
유린하고 빼앗고 토막내고 파묻는 이게 자본이라면
몇 푼의 위로금으로 무죄를 얻고
그러고도 세상을 활보하는 이게 민주라면
열 번 잘못해도 백 번 빠져나갈 구멍이 있는
이 법치가 나는 싫다
우후죽순 고개든 탐욕이 살자고 그 몇백 배 몇천 배
애타게 허덕이는 게 자본이라면
나는 싫다 관음증에 길들여진 저 음흉한 눈빛
아이의 이름 앞에 달아준 민주가 그것이라면
그날의 당부가 싫다 억만금을 준다 해도
그런 막무가내 자본이 싫다 그러니 민주여 가고
성난 파도처럼 독재여 오라 어서 와서 저 비린 씨앗
가차없이 처단해 다오 이제 막 피어난 꽃을 따서

애욕의 재물로 쓴 자들 징역 백년, 함부로 살상하고
산천을 파헤친 자들 또다시 백년, 쉴새없이 대지의
숨구멍 틀어막은 흉악범들 또다시 백년, 독약 폐수
함부로 흘려보낸 살인마들 또다시 백년, 분노와 변태를
조장한 자들 능지처참 중앙로 광고탑 위에 교수형
이것이 심히 불쾌하다면 민주여 자본이여
이런 말도 안 되는 소릴 지껄여 민심을 이반시킨
나 같은 이도 교수형 또다시 능지처참

내 머리는 너를 잊은 지 오래

빽빽한 지붕, 파헤쳐진 길, 소용돌이, 난자당한 지렁이, 허우적대는, 갇힌 여자, 치솟는 불길, 부리를 세운 새, 충혈된 눈, 권좌에 앉은 왕, 그 밑의 판잣집, 그 밑의 어두운, 바닥을 짚는 야윈 팔, 주머니에 찔러 넣은 손, 세 명의 검은 복면, 지붕을 뚫고 오른 빈 가지들, 우는, 달래는, 토라진, 아이들, 공중으로 뜨는 권투선수, 정적이 감도는 카페, 담배연기, 가녀린, 기도하는 목, 과녁에 매달린 벌레들, 붉은 하늘에 뚫린 구멍, 걷잡을 수 없이, 쏟아져 내리는, 똥물, 똥물, 하나는 두껍고, 하나는 서러운, 고무신, 스리빠, 운동화를 신은, 노인 1 2 3 4, 아무것도 신지 않은, 땅을 꿰찬 노인 5, 진한 피의 웅덩이, 스물거리며 기어나오는 모가지, 눈은 치뜨고, 입은 앙다문, 한 남자의 뒤, 끝없는 황무지, 아가리 속에 숨긴, 달콤한 혓바닥, 그 아래 실탄 장진, 그 아래 울부짖는 이빨, 미친 괴물, 썩은 아가리, 조각난 활자, 도깨비 장단, 춤추는 미희, 그 아래 지축을 뚫고, 솟아오른 쇠기둥, 벌거벗은 엉덩이, 찍어누르는 손, 욕조 안의 세상을, 가만히 보듬는, 청년의 맑은 눈, 사방에서 터져나온, 마이크, 빗발치는 길 위의, 저녁해, 불끈 쥔 주먹, 움푹 패인 발자국, 상여 위의 진군가, 벽을

뚫고 나오려고, 꿈틀거리는 지렁이, 허물을 벗는 빛 한 줄기,
빛 두 줄기, 빛 세 줄기, 빛 네 줄기……

시인

여름이 채 가기도 전에 매미는
제 외로움을 온 천하에 외치고 다녔네
해밝으면 금방 날아갈 슬픔
비는 너무 많은 눈물로 뿌리고 다녔네
아무데나 짖어대는 저 개
사랑이 궁하기로서니
그렇게 마구 꼬리를 흔들 일은 아니었네
그 바람에 새는
가지와 가지 사이를 너무 빨리 지나쳐 왔네
저녁이 오기도 전 바위는
서둘러 제 몸을 닫아버렸네
잡았던 손길 뿌리치고 물은 아래로
저 아래로 한정없이 흘러가고 있네
천둥의 잘못은 너무 큰 소리로
제 가슴을 두드리며 울부짖은 것
시인의 잘못은 제 가난을 밑천으로
너무 많은 노래를 부른 것.

흙을 만졌다

시골길 가다 말고
밭두렁에 앉아 흙을 만져보는데
기력 다 빠진 할머니 터진 아랫배 같다
너무 많은 햇살 쉬지않고 받아내
너무 많은 구름 눈 비
통명스런 달빛 싫다 않고 보듬어
너무 많은 것들 맺고 낳고 키우며
휘적휘적 도망가는 것들 붙잡아 앉혀
시린 발 잠 못 드는 밤의 이부자리 되어주다
버짐 부스럼딱지 앉았다
약 기운에 누렇게 뜬 몸빼 바지
굽은 허리로 누워
병색 깊은 태아를 품었다
거기 몰래 퍼붓고 도망간 썩은 물
썩어가는 물 썩었던 물을 껴안고 죽은
독약 게워낸 까실까실 흙 한 줌

날아간 것들

3억5천만년 전 처음 하늘을 난 잠자리는
지금도 그 높이 그 빠르기로
팔랑팔랑 소리없이 날아가고 있고
날아가서는 곧 다시 돌아오고

100년밖에 안 된 비행기는
날마다 더 높이 빨리 날아보려고
쌕쌕 숨을 헐떡이며 달아나고 있고
달아나서는 다시 돌아오지 않을 때도 있고

10년도 안 된 돈 사랑 약속 같은 것
손가락 걸어 약속하고 침 묻혀 헤아렸던 날들
날개도 없이 풀풀 날아가
어느 품에 안겼는지 영영 기별도 없고

바이올린 듣는 밤

끊어질 듯 끊어지지 않는 비명
날을 세워 자지러지지만
숨통 끊어놓기 직전
아무도 다치지 않아야 할
철천지원수의 결투

호박이 굴러들어온 날

어느 날 느닷없이 내일이 없어진다 해도
오늘이 마지막이라 해도
괜찮아 다 괜찮아 첫날 같은 마지막 날
호박이 덩굴째 굴러들어온 날
밥은 두어 숟갈만 먹어야지
먹고 또 먹고 뺏어먹기도 했으니
하늘은 두어 차례만 바라봐야지
자꾸 바라볼 면목이 더는 없으니
이제 막 당도한 저 방랑자 개하고나 놀아야지
일생을 바쳐 나에게 왔으니 그건 당연한 일
그러고도 애달프지 않은 너의 발꿈치나 바라봐야지
더 못 기다리고 나온 그때 그 찻집
아무짝에 쓸모없는 낙서나 끄적여야지
남은 생의 절반, 한나절을 허송해야지
이젠 네가 내일이면 꼭 온다고 해도
가슴 설렐 일 없으니 좋아라
다시는 오지 않을 어둔 밤이 코앞이니 좋아라
뒤척이며 잠 못 들 일 없으니 좋아라

하루가 눈 깜박할 사이 가버리는 일
더 이상 무뚝뚝한 밤은 없을 것이니
오늘 같은 내일이 없을 것이니
아이 좋아라 참 좋아라

우레

종일 말 한 마디 하지 않고
휴대폰 배터리가 다 닳았다

목마르다 적적타
마른 땅이 소리치자
천둥번개 화답했다

너 그래

나 그래

1월

오지도 않을 날에 가슴 설레고
다시 못 올 날에 사랑을 낭비했네
금방 지나갈 날에 웃고 울고
부둥켜안아야 할 날에 비분강개하였네
그때 나를 넘어뜨린 것들이여
올 테면 또 오시라
나 이제 빈손 앙다문 외다리 작대기
바람 좋은 들판에 곧추섰으니

제 2 부

무척산 편지

길이 너무 멀어 더듬더듬 지팡이를 짚으며 왔습니다 내가 당신을 붙잡을 때도 있었지만 사실은 휘청거릴 때마다 우리는 서로 손을 부여잡고 있었습니다 그때 당신과 내가 바래다 준 산은 엎어지지 않고 돌아눕지도 않고 강물에 담근 발목을 뒤척이며 잘 있더군요 집 떠난 지 사흘, 그 사이 강은 어두워 멀리 흘러갔지만 저 깊이 홀로된 산은 집 들청까지 걸어 나와 울창한 숲을 풀어 놓았습니다 그리운 이여, 길이 아직 어두워 다행입니다 저만큼 서서 기다리는 당신 모습 저문 달빛에도 또렷하게 보입니다

금정산을 보냈다

언제 돌아온다는 기약도 없이 먼 서역으로 떠나는 아들에게 뭘 쥐어 보낼까 궁리하다가 나는 출국장을 빠져나가는 녀석의 가슴 주머니에 무언가 뭉클한 것을 쥐어 보냈다 이건 아무데서나 꺼내 보지 말고 누구에게나 쉽게 내보이지도 말고 이런 걸 가슴에 품었다고 함부로 말하지도 말고 네가 다만 잘 간직하고 있다가 모국이 그립고 고향 생각이 나고 네 어미가 보고프면 그리고 혹여 이 아비 안부도 궁금하거든 이걸 가만히 꺼내놓고 거기에 절도 하고 입도 맞추고 자분자분 안부도 묻고 따스하고 고요해질 때까지 눈도 맞추라고 일렀다 서역의 바람이 드세거든 그 골짝 어딘가에 몸을 녹이고 서역의 햇볕이 뜨겁거든 그 그늘에 들어 홍얼홍얼 낮잠이라도 한숨 자두라고 일렀다 막막한 사막 한가운데 도통 우러러볼 고지가 없거든 이걸 저만치 꺼내놓고 그윽하고 넉넉해질 때까지 바라보기도 하라고 일렀다 그 놈의 품은 원체 넓고도 깊으니 황망한 서역이 배고파 외로워 울거든 그걸 조금 떼어 나누어줘도 괜찮다고 일렀다 그렇게 쓰다듬고 어루만지며 살다가 이곳으로 다시 돌아올 때는 무엇보다 먼저 그것부터 잘 모시고 와야 한다고 일렀다 무엇보

다 잊지 말아야 할 것은 네가 바로 그것이라고 일렀다 이
아비의 어미의 그것이라고 일렀다

한 꽃잎이 다른 꽃잎에게

이대로 마주보고 살다가 한날한시
바람 부는 대로 같이 길 떠나자 하고 싶지만
이 말이 당신께 짐이 될까 봐 못합니다

속절없는 약속을 지키느라
벌 나비 날아드는 좋은 시절 마다하고
스산한 바람에 서둘러 몸 떨구실까 봐 못합니다

누구 하나 먼저 가면 부리나케 뒤쫓아 가
다음 세상 또 얼크러설크러져 살 부비자 하고 싶지만
이 말이 당신께 빚이 될까 봐 못합니다

밤과 바람

밤이 추운 건
저리 문 열어 달라 울어쌓는 바람을
아무도 재워주지 않아서일 거야
바람난 바람을
아무도 어루만져주지 않아서일 거야
밤에 버림받은 바람을
밤마다 밤새 떠돌게 해서일 거야
그잖아도 어둔 밤의 눈을
바람이 와서 또 한 번 감겨버려서일 거야
도통 어두워 더듬더듬 어디가 어딘지
갈피를 잡을 수 없어서일 거야
몇 줄 적어 온 약도와 전언을 바람에 뺏기고
어디를 향해 소리쳐야 할지 몰라
사방천지 헤매고 다녀서일 거야

절연

담배를 끊었다 사랑을 버림
나는 더 이상 하늘로 올라가지 않음
하늘로 가려는 것들과 키스하지 않음
하늘로 가는 통로가 막힘
하늘의 농사 따위 내 알 바 아님
그 바람에 하늘로 가는 관문 하나 막힘
차편을 잃고 땅에 주저앉아
엉엉 우는 것들 투성이
물고기 떼가 땅을 다 뒤집음
꼬리를 흔들며 내뺀 연기 때문
무지개를 따라 헤엄쳐 간 물고기 때문
한 마리도 돌아오지 않음
치맛자락이 가끔 구름 사이로 펄럭
뭉슬뭉슬 솟구친 물고기들
하늘이 다 잡아먹음
해를 봐라 얼마나 잡아먹었는지
배가 빵빵
그러고도 남은 연기

저 구름 떼
어실렁어실렁 지나다니며
이리로 내려올 틈을 엿봄
틈을 노림

어떤 하강

찬바람에 떨어지는 잎의 무게에
내 가슴이 철렁 내려앉았네
제 몸의 무게를 저 잎 하나에 실어 보내려고
지난 계절 나무는 눈물 한 방울 생기면 잎으로
바람이 간질인 웃음 하나 생기면 까르르
잎으로 올려 보냈네
그 나무 아래 앉아 너와 나
세상이 짐지운 모든 슬픔을 부렸네
세상이 쥐어준 모든 기쁨을 묻었네
나무를 받아먹고 나를 받아먹고
불그레 취한 잎이여
찬바람에 떨어지는 잎의 무게에
내 가슴이 철렁 내려앉았네
봄 여름 받아먹은 것들을
여린 몸 하나에 꽁꽁 담아낸 잎의 무게에
내 가슴이 철렁 내려앉았네
더 줄래야 줄 것도 없이 나를 다 받아먹은
천근만근 잎의 무게에

잔잔하던 땅의 가슴도 철렁 내려앉았네

우수에 젖다

문밖으로 쫓겨난 겨울이 우수에 젖어 있다
이대로 짐 꾸려 돌아갈 것인지
좀 더 분탕질을 할 것인지
잠시 눈치를 살피는 눈치
문밖에 기다리고 있던 봄맞이꽃이
한 발짝 안으로 발을 떼어본다
껴입고 온 외투를 벗을 것인지
슬슬 향기를 날릴 것인지
잠시 눈치를 살피는 눈치
아직 두 눈 시퍼런 겨울 장벽 위로
우수수 떨어지는 비
시린 장벽을 녹일 것인지
거기 그대로 얼어붙을 것인지
잠시 눈치를 살피는 눈치
입춘과 경칩 사이 턱을 괴고 앉아
이대로 꽃 피워도 좋겠냐고
문 박차고 나와도 되겠냐고
태산 같은 걱정을 안고

우수憂愁에 젖는 우수雨水

꿈, 외출

십 몇 년 하반신 마비로 누워 지낸 앉은뱅이 총각
깜박 든 낮잠에 꿈을 꾼다
꿈속에 그는 없고 십 몇 년 된 낡은 롤러스케이트
삐거덕 삐거덕 대문을 나선다
씽씽, 불러도 돌아보지 않고
동네 슈퍼 철물점 십 몇 년 전 그때 모습
참 신기하게 아저씨 아줌마들 늙지도 않고
오랜만이네 총각, 그새 어디 갔다 왔누 총각,
늙지도 않네 총각, 골목 끝 첫사랑 걸어나온다
씽씽 달리는 롤러스케이트더러
장가가야지 총각, 차 조심하고 총각, 오랜만이네 총각,
자꾸 말을 시킨다 아줌마도요, 아저씨도요,
씽씽 달려가는 롤러스케이트
씽씽 손 흔들고 인사하다 아이쿠, 바퀴가 빠진다
훌렁 주저앉는 아랫도리.
단잠 깬 그가 팔꿈치로 방문 밖 세상을 보고 있다
롤러스케이트 간데없고
바람에 이리저리 날리는 종이조각

그걸 붙잡으려고 깡충깡충 날뛰는 강아지
그래 저걸 집어탈 수만 있다면
몇 발짝 걸어볼 수만 있다면,
부드럽게 휘어지는 종이조각 따라
개의 뒷다리가 버티어 낸 광활한 우주를 보고 있다
그래 저걸 집어탈 수만 있다면

벼랑에서

감잎을 딴다는 게 감꽃까지 꺾고 말았네
머리칼 자른다며 머릿속 뿌리까지 헝클었네
그대 눈물 두고 그대 옹졸한 웃음만 사랑하였네
몇 갈래 남겨둘 눈앞의 길을 남김없이 걸어와 버렸네
떨어진 감꽃은 허물어진 길 위를 구르네
내 부스러기 두고 내 몸통 모두를 주었네
웃음이 되었다가 반짝 눈물이 되었다가
그런데도 낭떠러지는 조금도 멀어지지 않았네

삼월 폭설

어깨춤 추며 달려나가던
사람들 입이 쑥
너에겐 아직 봄을 줄 때 아니라며
반성문 한 번 써 보라고 내민 백지
모두 발길 멈추고 묵묵부답
할 말 없지? 할 말 없지?
새들이 내려와 쿡쿡 먼저 발도장
히죽히죽 주먹밥
봄바람 타고 한몫 잡으려던
산들의 어깨가 오들오들

풍장 고양이

여름 내내 옥상 귀퉁이
엄숙한 바람의 의식

빈 개집 속을 찾아들어간
고양이의 아픈 눈
바람이 감겨주었다

한동안 살이 완강히 버티었으나
구더기들이 와서 오랫동안 설득하였다

물러진 살이 모든 문을 열어
구더기들을 받아들였다

영혼은 살로부터 해방되고
살은 뼈로부터 해방되었다

유순해진 살을 등짐 진 파리들이
구급차 소리를 내며 하늘로 갔다

남은 뼈가 오랫동안 떠난 것들을 기렸다
새롭게 생긴 우주 정거장 하나

시간의 진화

옛날 시계 분침보다 시침이 더 길었다는 사실
분 따위 아무것도 아니었다는 사실
분침 따위 무시해도 좋은 잔챙이였다는 사실
그런 분침이 지금 시침을 졸병으로 거느리고 있다는 사실
그렇게 사람들이 야금야금 시간을 다 파먹었다는 사실
이대로 가다간 초침이 제일 길어질 날 올 거라는 사실
그 아래 조금 작은 분침이 돌고
그 아래 시침은 떨어져 나와
서랍 속 다이어리가 되어 있을지 모른다는 사실

향긋한 양극화

배추 한 포기 오백원입니다 허리 한 번 숙인 값 오원입니다 땅을 향해 절한 값 오원입니다 비지땀 한 방울 오원입니다 도어보이 치어걸 하루 삼만원입니다 허리 숙여 웃어준 값 삼원입니다 어서 오라 또 오라 인사한 값 삼원입니다 손 한 번 내어준 값 십만원입니다 가슴 한 번 드러낸 값 백만원입니다 지랄발광 물리치지 않은 값 천만원입니다 요리조리 배팅 한 번 억입니다 아무렇게나 내던져 굴러온 십억입니다 밑져도 그만이라고 던져놓은 수백억입니다 한 끼 오백원입니다 오만원입니다 오십만원입니다 저 동냥치 눈물 한 방울 백원입니다 저 흑장미 요염한 웃음 한 번 억입니다 백의 눈물과 억의 웃음 뼛속 깊이 사무칩니다 그 먼 거리를 넘나드느라 세상은 이토록 바쁘고 아득합니다 그 먼 거리를 은폐하려고 세상은 이토록 빛나고 향긋합니다

신문, 구문

잉크 냄새 칼칼한 신문 받아들고
비분강개한 적 있었다 여기 막다른
강마을에 와서 받아보는 신문
이삼일 늦게 도착하는 구문
우체통에서 겨우 건져낸 사체 토막
여기까지 오는 동안 살점 뜯어먹히고
뼈다귀만 남아 중얼대는 구겨진 몇 마디
싸울 힘도 뜯어말릴 힘도 없이
유족들이 읽다 버린 빼곡한 유서
뚜껑 열린 소주처럼 어릿하게
말로만 시끌벅적, 걱정만 태산
저를 박차고 나간 격문들
모두 옛일이 되었다
앞산 허리춤 막 탈고한 신록들
연신 새 신문을 찍어냈지만
저런 우격다짐 꽃소식도
자취 없는 풍문이 되고 말 것
도회로 가는 도중 향기는 증발하고

풀죽은 잎만 남아 가타부타 말없는
아릿한 구문이 되고 말 것

윤회

소가죽 구두 신고 한참을 왔는데
다른 길이다
내 발에 고삐
고삐가 끄는 길

나 언젠가 채찍 휘두르며
소가 가지 못하도록
고삐를 바투 쥐고 있었던 길

너 잘 걸렸다
소가죽 구두가 내 가고 싶은 길 붙들고
놓아주지 않았다

동거

안경과 오래 살았다
내가 안경을 데리고 산 줄 알았는데
안경이 나를 데리고 살았다
내 길은 보이지 않고
안경이 가자는 길을 따라왔다
잠들기 전 내가 안경을 벗어둔 줄 알았는데
안경이 나를 벗어두었다
안경이 꾸었던 꿈을 나는 훔쳐보았다
안경이 닦아 놓은 해맑은 꿈을 따라다녔다
내 코가 안경다리를 받든 줄 알았는데
안경다리가 내 코에 양반다리를 했다
더듬더듬 내가 안경을 찾는 줄 알았는데
안경이 눈을 번득이며 나를 찾아와 주었다
내가 본 게 단 줄 알았는데
안경이 돌아서서 차린 딴살림이 한 보따리다
너의 허물을 내가 눈감아준 줄 알았는데
네가 내 허물을 다 눈감아 주었다

색다른 만세사건

내 인생 딱 두 번 호기롭던 순간
역사에 기록되지 않았으나
위대한 주군酒君이 선동한 만세사건
남단의 최고 번화가 부산서면로터리에 방뇨하고
오줌값을 하려고 했는지
밤하늘을 향해 느닷없이 대한독립만세
그리고 또 한 번
해도 그뿐 안 해도 그뿐인 문학 행사 뒤끝
이런 시국 독립선언은 왜 없느냐고
광화문 사거리 조국의 노른자위
동업자들과 방뇨하며 대한독립만세
내 인생 딱 두 번 결연했던 순간
왜 오줌을 갈겼을까
곧 이어질지 모를 포탄세례에 대한 대비?
휘몰아칠 풍비박살에 대한 두려움?
하늘에만 말고 땅에도 간청하려는 뜻?
그렇지만 독립의 날은 아직도 묘연하고
나의 호기는 궁색한 잔주름만 늘고

방구석에나 앉아 두 손 두 발 번쩍 대한독립만세
이제 보니 그건 방뇨에 대한 나에 대한 망각에
대한 금기에 대한 결여에 대한 끊고 싶은 것들에
대한 독립만세 늦은 출정에 대한 외박에 대한
탈주에 대한 수치에 대한 독립만세
그 바람에 조국은 아직 깊은 수렁 속에 있고
나는 점점 형량이 늘어나는 감옥 속에 있고

하야리아 부대

집과 학교 사이 가로막고 섰던 하야리아 부대
하루 두 번 그 길 빙 돌아 오가며
세상에는 눈앞에 두고도
바로 지나갈 수 없는 길 있다는 걸 알았습니다
반도의 남쪽에 그어진 또 하나의 분단선
지름길 막아선 총부리에 걸려
엎어지면 코 닿을 곳을 빙빙 돌아서 갔습니다
내일까지 외워야 할 영어단어 중얼거리며
가슴은 모국어로 빚어야 할 시 생각뿐이었습니다
부대를 관통한 길로 다른 나라는 제집처럼 드나들었지만
우리나라는 아무도 그 길을 통과하려고 하지 않았습니다
딱 한 번만 가 보자고 우기지도 않았습니다
어른들은 빠르고 바른 길을 다 잊어버린 듯했습니다
영어시간 벌서며 내려다본 병영은
해독 못한 알파벳이 우쭐대며 날아다니는 비밀 요새였습니다
스무 살 무렵 부대 담벼락에 오줌을 갈기기도 했으나
나의 꿈은 오래 주눅 들어 힘없이 뚝뚝 끊어지기 일쑤였습니다
오래전 일제 차지였고 동란 후 미군 차지였던

언젠가부터 나는 그 길을 피해서 걷고 있었습니다
밤이 되면 앞집 옆집 양공주들이 붉은 등으로 걸리고
양키들이 낄낄대며 그 등을 하나씩 거두어 갔습니다
버터냄새 풍기는 불빛들이 다 잦아든 뒤에도
양공주들은 돌아오지 않았습니다 담은 다시 헐렸지만
분수가 요염하게 춤추는 평화로운 주말이 되었지만
동강난 길은 여전히 이어지지 않았습니다

북으로 간다

자꾸 북으로 간다 서울로 간 그
서북은 피하라고 했는데
강북에 얻은 방 잃고 북으로
김포 넘어 파주 넘어 임진강 가까이
햇볕도 들지 않는 북에
무엇이 좋다고 무엇이 있다고
자꾸 북으로 간다
시든 패랭이꽃을 주우러 가나
그때 헤어진 옛 사람을 찾으러 가나
자꾸 북에 난 헌집을 보러 간다
북으로 북으로 짐을 싣고 간다
경부선으론 못 가고 고속철로는 못 가고
경의선 갈아타고 끊어진 철길 근처까지 간다
뭐 좋다고 춥기만 한 북으로 가나
배고프다는 북으로 가나
저러다 만주 개장사 될라
추운 땅 북간도 지게목발 될라
독립운동으로 가산 탕진한 사람마냥

점점 홀쭉해진 세간 싣고 북으로 간다

의자

오래전 내다 버린 빈 의자
쇠막대기 뼈대
빗물 타고 내린 풍상이 녹물로 흘러
꼭 사람 하나의 형상으로 앉았다
시멘트 바닥을 물들이며 버틴
의자의 통증
환하고 맵다
책상 앞에 식탁 앞에
나를 앉히고 일으켰던 뼈대
다 헤져 눈이 퀭하다
흘러내리다 만 내장이
엉거주춤 뜯긴 채
바닥을 붙들고 있다

가을

하늘에 구름 한 점 없다
저렇게 넓은 고요
저렇게 티끌 한 점 없는 이마

콩만 한 내 가슴에는
왜 이리 티끌이 많으냐
비바람이 치느냐
닦아도 닦아도 걷히지 않는 먹구름

하늘에 구름 한 점 없다
저렇게 맑은 미소
저렇게 주름 한 점 없는 허공

못할 짓이 없구나

안동 사는 임병호 시인
유행 지나 후줄근한 양복 차림에 부산 와서는
광안대교 보고 싶다 했다
바다를 가로지른 바다 중간에 멈춰 서서
오랫동안 하늘 한 번 보고
얼기설기 가로지른 현수교 상판 한 번 보고
검푸른 바다 한 번 보고
자꾸 일렁대는 난간 위에서 몸 한 번 부르르 떨더니
딱 한 마디 했다
사람이 못할 짓이 없구나
그리고는 안동 고택에 돌아가 밥도 먹지 않고
병원에도 가지 않고 시름시름 앓다가
한 달 만에 저세상으로 갔다
병원에 가자는 노모의 성화에 딱 한 달이면 된다고
몇 월 몇 일 병원 가자 했다는데
그 다음날 저 세상으로 갔다
울렁거리는 광안대교 나 혼자 건너
산의 밑구멍에 뚫어 놓은 황령산 터널 넘어오며

아프다고 내지르는 산의 아우성에 바다의 철썩임에
나는 자꾸 시인이 남기고 간 마지막 말을 되뇌었다
못할 짓이 없구나 못할 짓이 없구나

메아리

막다른 골목에서 단지를 주웠다
굴리며 오는데 단지가 꽉 찼다
우렁우렁 안에 누구 있어요
아, 아, 거기 누구 없어요
단지만 버릴 일이지
이제 막 옹알이를 시작한
아이까지 버렸다
만삭이 된 비밀
입이 싼 아이들이 일러바친다
금방 배운 옹알이
아아오이이어어어으우
밖에 누구 없어요
이미 다 아는 비밀
단지만 찢어져라 우렁우렁

제 3 부

천지사방 나무

결국, 귀이개나 이쑤시개
낙서쪼가리 같은 게 되어
마구 흩날릴 테지만
그보다 훨씬 오랫동안
가려워서 등돌리고 기다리는
그대 하늘의 넓디넓은 등을
앞다투어
긁어주었던 녀석들

일식

많이 기다렸다 제군들
오늘은 한꺼번에 달려들어
한 점도 남기지 마라
내장까지 파고들어 마구 뜯어먹어라
알맞게 부푼 한 덩어리 빵
네 어설픈 염원을 삼킨 흔적
비만으로 마무리된 공복의 전과
적진 가운데 우뚝 선 밤의 요새
오늘만은 누가 얼마나 먹었는지
누가 얼마나 짓밟았는지
따지지 않겠다
증거가 남지 않도록 야금야금
한 점도 남기지 마라
잠시 후 감시가 눈 뜰 때까지
부스러진 달빛 흔적 긁어모아 쌓은 성
결백을 가장한 희멀건 얼굴들 앞에
어떤 부스러기도 남기지 마라
미궁을 빠져나온 빛의 잔해까지

삼켜라 녹여버려라

볼펜 탄알

총을 깜박 두고 나왔다
포수 앞에
섬광처럼 반짝 사냥감이 나타났으나
발사는커녕 조준도 할 수 없었다
목표물은 분명해 보였으나
곧 자취도 없이 사라졌고
급히 이백원짜리 총 한 자루를 샀다
탄알이 있는지 쓱쓱 문질러 보는데
우두두두 오발로 발사된 알이
내 손바닥에 일렬로 박혔다
그때 얼굴도 모르는 먼 산간의 여학생에게
기나긴 연애편지를 쓰던 탄알
허튼 맹세의 선봉이 되어준 탄알
텅 빈 교실에서 써내려간
거짓 반성문의 제물이 된 탄알
오기로 내갈기던 사직서와 각서
무수한 눈물과 분노의 자국으로 남은 탄알
혈서라고 공갈을 놓았던 탄알

한두 줄 쓰다 만 습작시의 파편이 되어준 탄알
그리고 마지막 남은 딱 한 발
흐느끼는 유서의
떨리는 뉘우침이 되어줄 탄알

밥과 술

허기져 허겁지겁 쑤셔넣는 밥 한 덩이
그리워 들이키는 술 한 자락
밥은 꼬박꼬박 들어오는 봉급 같아서
곳간에 차곡차곡 쟁여두는 것
술은 빈속에 찔러주는 용채 같아서
이게 웬 횡재인가 벌컥벌컥 한달음에 탕진하는 것
밥은 불끈 솟는 힘이요 술은 흐드러지는 흥이니
밥은 종종걸음이요 술은 지그재그 팔자걸음이라
밥을 뛰쳐나와 멀리서 손사래쳐야 술
나 몰라라 한동안 내버려둬야 술
밥이 안 되면 박박 바가지나 긁힐 일이지만
술이 안 되면 무흥무취의 청맹과니
밥은 십 리를 가게 하지만
술은 붕붕 날아 백 리 천 리도 가게 하는 것
밥이 보고프면 배 하나 고달프지만
술이 보고프면 천심만신이 고달픈 것
술은 기다리면 술술 흘러 들어오지만
밥은 부지런히 내달려 거머쥐는 것

그게 무어라고 구박만 심해진 술
그래도 마냥 좋아 노래만 흥얼흥얼
똑같은 쌀로 출발하였으나
천지간에 다른 길을 가게 된
밥은 기다리면 술이 되지만
술은 이제 영영 밥이 될 수 없어라
돌아갈래야 돌아갈 수 없어 끄적거린
술 그림자 시

그 봉창 안에 무엇이 있었을까

골목 끝 작은 봉창에 붙여둔
하트 모양 색종이가 푸르죽죽하다
단물 빠진 뒤라고 그만 떼어버리려는 바람을
지나가던 내 몸이 막아섰다
제 사지를 마구 펄럭여
위급한 상황을 알린 색종이는
조금 안심이 되는지 가쁜 숨을 고른다
해가 앉았다 가고
달이 거닐다 가고
밤새 별이 어루만지다 가고
눈비가 얼굴을 문지르고 간 동안
색종이는 봉창에서 떨어지지 않았다
그새 바람은 지나갔고
비는 그쳤다
가만히 하트 모양 몸을 쓰다듬자
봉창에 더 찰싹 달라붙으며
안에 누가 있다는 듯
안을 보여주지 않겠다는 듯

색종이는 제 몸이 다 헤질 때까지
봉창을 움켜쥐고 있다

서면 천우짱

지금도 서면 천우장 앞이라고만 하면 다 통한다
30년 넘은 약속장소
비밀스런 상처를 서로 덧내지 않으려고
누구도 '그거 옛날에 없어졌잖아' 하고 말하지 않는다
천우장 앞에서 시작하고 끝낸 사랑이 어디 한둘이었겠는가
10년도 전에 20년도 전에, 그 전의 전에도
천우장이라는 고급 음식점에는 도통 들어가 본 적이 없지만
서면 천우장 앞이라고만 하면 다 통한다
그 길목 모퉁이 엉거주춤 어떤 자세로 서 있으라는 건지도 다 통한다
큰길 버스 내리는 녀석의 구부정한 어깨가 잘 보이는 지점
지하도 건너 불쑥 떠오르는 그녀의 긴 머리카락이 찰랑대는 지점
저쪽 뒤편 시장골목을 지나 치맛자락이 나풀대며 걸어오는 지점
서면 천우장 앞은 그렇게 걸어온 것들이 와서 멈추는 곳
주머니에 든 몇 닢 동전을 만지작거리며
한번은 환하게 달려와 줄 것 같은 사랑을 하염없이 기다린 곳

없어진 지 오래인 서면 천우장 앞
그때 매정하게 돌아서 간 청춘이 불쑥 돌아올 것 같아
푸른 시절이 걸어나간 길 저편을 악착같이 바라보며
조금 두둑해진 주머니를 만지작거리는데
천우장 자리 들어선 새 건물 3층 천우짱노래방이
하염없이 목을 빼고 있는 첫사랑을 비틀고 있다
천우짱 천우짱 숨가쁜 맥박소리로
쿵덕쿵덕 흘러간 세월을 비틀고 있다

부산釜山이라는 말

-정윤천 시 「목포木浦라는 말」에 부쳐

부산이라는 말
부산이라는 말

가마뫼라는 말
가마솥처럼 생긴 뫼라는 말
앙다문 솥뚜껑 아래 부글부글 끓는 뫼라는 말

그 가마뫼라는 말과 불끈 솟는 힘이라는 말
그 가마뫼라는 말과 절절 끓는 힘이라는 말
그 가마뫼라는 말과 굳게 다문 힘이라는 말

부산이라는 말
급하게 서두르거나 시끌벅적 떠들어 어수선하다는 말
부산이라는 말
주된 생산물이 아니라 무엇에 편승해 슬쩍 덩달아 나왔다는 말

부산이라는 말
부산이라는 말

꿀꿀이죽이라는 말
공돌이 공순이란 말
번득이는 생선 비늘이라는 말

덩달아 시끌벅적
지금도 끓고 있다는 말

그 가마뫼라는 말에 참기름을 붓고
그 가마뫼라는 말에 깨소금을 붓고
그 가마뫼라는 말에 각설탕을 붓고

오랫동안 굳은살과
바짝 조인 허리띠와
움켜쥔 땀방울을
슬슬 풀어주고 싶다는 것
슬슬 닦아주고 싶다는 것

부산이라는 말
부산이라는 말
앙다문 가마솥 같은 뫼라는 말

장날

영감은 목욕하고 할망은 의원 가고
읍내 장터에서 나중에 만납니다
영감은 선지국 먹고 할망은 곰장어 먹으며
괜찮으냐고 묻습니다
둘 다 맛있다고 합니다
두어 번의 숟가락 젓가락질
며칠 앓기만 한 할망의 기력이 환해집니다
영감 기력도 덩달아 환해집니다
그건 아마 곰장어가 아니라
꼼장어여서 그럴 거라고 말합니다
뻗대는 꼼장어를 가지런히 눕히며
일인분은 절대 팔지 않는다고
주인 할망이 또 한 번 말합니다
할망의 권유에도
영감은 자꾸 양파만 골라 먹습니다
꼼장어가 뛰놀다 간 양파가
참 맛있다고 말합니다

그날의 처방

-정영태 시인을 생각하며

오는 대로 손님을 맞아들여 방이 좁다고 했다
문단속을 제대로 하지 않아
누가 들고 나는지 도통 알지 못할 지경이라 했다
부실한 뼈대에 아랑곳없이 객만 무작정 드나들어
집이 폭삭 무너질 지경이라 했다
정밀 구조진단을 마친 전문가가
반드시 쫓아내야 할 몇 놈
보수가 시급한 몇 곳을 짚어주었다
이대로 가다간 절단이라 해놓고
술만은 절대 금물이라 해놓고
실망의 빛이 역력한 병자의 눈치를 살피더니
그래도 이 부실을 버틸 힘은 그것밖에 없다고 했다
오늘은 딱 한 잔만 하자는 말에
한 잔이 열 잔 되고 스무 잔 될 생각에
모쪼록 곧 공급될 윤활유 생각에
나의 몸은 두근두근 후끈후끈 뛰기 시작했다

한국문학 생생 프로젝트

집 근처 폐가로 방치된 군인아파트
나는 날로 기울어져가는 그걸 바라보며
날로 기울어져가는 우리 문학을 생각했던 것인데
그걸 정부보조금으로 빌려 한국문학 부활 프로젝트
간판 붙이면 어떨까 하는 생각을 했던 것인데
군인아파트니까 보초는 군인들이 서는 게 좋겠지
아무 쓸모없는 꼬투리나 물고 늘어지는 글쟁이들에게
모종의 적개심 또는 열등감을 키워온
그래서 인정사정이라곤 눈곱만큼도 없는
그리고 또 한 부류
웬만한 글 앞에서는 미동도 않는 노장들로 심사위를 구성해
잘 써야 하는데 배가 불러지면서 잘 못 쓰고 있는 놈
잘 쓸만한데 뚜렷한 전기가 없어 허송세월하는 놈
백 명쯤 추려 줘도 새도 모르게 체포해 오는 거야
모든 우아한 소지품 압수
사흘 정도 냅다 굶기고 두들겨 패는 거지
지랄발광들을 하겠지 눈을 시퍼렇게 뜨겠지
이유라도 알려달라며 통사정이겠지

그것이야말로 너무나 바람직한 징조
사흘 낮밤 물고문 전기고문 그리고는 독방
울고불고 가슴을 쥐어뜯겠지
그것이야말로 너무나 유쾌한 징조
필기구라도 달라며 통사정이겠지
손톱으로 긁어서라도 뭘 쓰려고 하겠지
그럼 또 고문 그러다가 슬쩍 빈틈
뭘 끼적거린 게 있으면
이따위 걸 이따위 걸, 갈기갈기 찢어버리는 거야
마침내 그 원한 그 갈망 최고조에 달하겠지
아 눈부셔라 눈부셔
감시는 잠시 소홀하고 찰나의 기회 틈타
꽁지에 불붙은 새처럼 날아오르겠지
오 뜨거워라 뜨거워
천길 벼랑 죽기 살기로 건너뛰겠지
나는 가끔 그런 얼토당토않은 상상을 해보았던 것인데
군인아파트 거기에는 지금 한국문학이야 죽든 말든
아주 멋진 고층아파트가 들어서고 있는 것인데

누구보다 먼저 한국문학이 그 로열층에 짐을 풀고 있는
것인데

바다, 먼 별

나 오래 뱃전에서 별을 바라보고 있었지
별은 언제나 딴 데를 비추고 있었지
내 마음 아신 바람이 넘실넘실
뱃길 따라 별에게 데려다 주었지
별은 언제나 딴 데를 바라보고 있었지

그대 눈길 머무는 저 곳
소리치다 소리치다 귀 먹어 우는 파도가 되었지
바다로 가 바다가 되기까지
문이란 문 있는 대로 다 두드려 보다
훌쩍 담 넘어 흘러들기까지
그대 여전히 깊고 아득한 맨 처음의 자궁
이 작은 용기로는 꿈적도 않을
여전히 멀고 낯선 맨 마지막의 자궁

자꾸 철썩이며 안부를 묻는 이여
껄껄 웃으며 악수를 청하는 이여
술 한 잔 하러 오라며

밀린 정담이나 나누자며
일곱 색깔 징검다리를 놓는 이여

별은 언제나 딴 데를 바라보고 있었지
내 마음 아신 바람이 넘실넘실
뱃길 따라 별에게 데려다 주었지

바다, 검은 달

모두 불 끄고 들어간
새까만 밤이라 생각했지만
그건 더욱 크게 눈 뜬
출렁이는 검은 눈동자
있는 대로 열어놓아
캄캄한 속이 들여다보이는
활짝 열린 검은 귀
두런두런 그믐 바다 거니는 일은
그대의 눈과 귀를 서성이는 일
그대의 눈과 귀를 간질이는 일
그대가 걷어차고 나온
깔깔대는 목젖 너머
깊은 속내 환히 드러낸
여기저기 마실 나온
반짝이는 눈동자의 행렬

거시기들

바람에 꽃이 흔들린다
부끄러움도 없이 살랑살랑
머리에 솟은 풀의 생식기

형형색색 자지를
만천하에 내놓고
이리 끄떡 저리 끄떡
내 것 네 것도 그 앞에 끄떡
오라는 벌 나비 안 오고
이상한 게 왔다며 끄떡

우뚝 솟은 땅의 생식기
산마저 끄떡

기차야 기차야

좋구나 기차야 꼬리에 꼬리 달고
오산에도 서고 평택에도 서고 조치원에도 서고
좋구나 기차야 씽씽 달리다 그렇지 덜컥
숨 한 번 고르고 아무렴 아무렴
출렁대는 들판 한 번 바라보고
왝 왝 고함 한 번 지르고 기차야
콧김 한 번 내뿜고 신탄진에도 서고 옥천에도 서고
추풍령에도 서고 뒷짐지고 한 바퀴
저 발아래 굽어보며 좋구나 기차야 높고 푸른
하늘 한 번 올려다보고 왜관에도 서고 연화에도 서고
경산에도 서고 덜컹덜컹 멈칫 덜컹덜컹 멈칫
네가 서니 나도 서고 공장도 서고 귀를 찢던 굉음도 서고
영구차도 서고 좋구나 기차야 빗발치던 통곡도 서고
네가 달리니 산들바람도 달리고 저 하늘 구름
저 강 물결도 넘실출렁 추임새를 넣고
버들잎들 좋아라 자꾸자꾸 치마폭 뒤집고
산마루 걸린 해 종종걸음으로 따라오며
좋구나 기차야 청도에도 서고 원동에도 서고

물금에도 서고 나도 서고 너도 서고
굴뚝 연기도 서고 자지러지던 노을도 서고

그 나무 같다

푸성귀 몇 묶음 놓고 앉은 노파를 보았다
지나치는 동안
하루 종일 노파는 그 자리에 있었다
구부정한 허리 펴 보지도 않고
똘망똘망한 눈
지나치는 사람들 하나하나 올려다보고 있다
허리 구부정하지만
눈은 똘망똘망한 그 노파
해발 3천미터 로키산맥에 있다는
그 나무 같다
파장 다 되어서야 하루 내내 조율한 목청 가다듬어
'사이소' 짧게 내뱉는 소리
그 나무 같다
매서운 바람 받아내느라 허리 굽었지만
백발 된 머리칼 다 헝클어졌지만
그렇게 바닥 지고 온 날들
질긴 동아줄 같다
아무리 센 이빨로 세월이 물고 뜯어도

끄떡 않고 엎드린 해질녘
모진 풍랑 삼키고
'사이소'
가장 아름다운 바이올린 몸통 된
그 나무 같다

사나이들

어서 도시를 벗어나야 한다고 여기저기 시골집을 보러 다닌 사나이들이 있었다 아녀자들은 그들의 결단력을 믿지 않았지만 그들은 오래전부터 의기투합해 있었고, 글쎄 번번이, 거래는 아주 사소한 것에서 꼬이거나 비끄러졌다 이를테면 뒷산이 너무 높다거나 마을 입구 당산나무가 다 죽어가는 모양새라거나 앞개울이 너무 질퍽댄다거나 담벼락을 맞대고 있는 옆집 할망구가 박복하게 생겼다는 등의 이유였다 시골집을 보러 다니는 일이 한동안 잠잠해질 때도 있었다 호황도 아니고 불황도 아니었을 때 사랑도 아니고 실연도 아니었을 때 지독한 추위도 무더위도 아니었을 때 꽃놀이도 프로야구 시즌도 아니었을 때 그들은 일제히 심심해졌고 일제히 주리가 틀려 시골집을 찾아나서는 것이었다 마침 오늘 보러 간 빈집에서 주인 허락을 얻어 하룻밤 묵어가는 행운을 누리게 되었는데, 마루에 앉아 사나이들은 도시에서 떠메고 온 근심 걱정을 풀어놓다가 슬슬 근질근질해 심심해 시시해 답답해 불평을 늘어놓기 시작하는 것이었다 해가 너무 빨리 넘어간다거나 아스팔트가 쓸데없이 넓다거나 개 짖는 소리가 우렁차다는 등의 합의를 이끌어내고 있었다 마당

귀통이 풀벌레 개구리들이 들으니 그야말로 귀신 씨나락 까먹는 소리라, 이제 그만 불 끄고 잠 좀 잡시다 잠 좀 잡시다 하고 자글자글자글자글 욕을 해댔는데, 그 소리 잠자코 듣고 있던 사나이들이 일제히 탄성을 지르는 것이었다 그 놈들 참 목청도 좋네 목청도 좋아, 다시 풀벌레 개구리들이 아니라아니라그게아니라 자글자글자글자글 욕을 퍼붓자 마루를 내려서며 또 이렇게 말하는 것이었다 쓸만한 건 저 놈들 노래소리밖에 없구나, 근질근질해 심심해 시시해 답답해 자글자글자글

어떤 부부

막차 전철이 덜컹대며 달군 술기운
어디서부터 저러고 왔는지
한 마디도 지지 않고 토라진 부부
하루 이틀 다툰 솜씨가 아니다
금슬 중에 제일이 지지고 볶는 정
저러다 종착역도 못 가 사단이 날 성 싶은데
조상님 돌보셨는지 할아범 호되게 재채기하고
할멈 얼른 손수건 꺼내 닦아준다
그게 머쓱해 잠시 고개 돌렸다가
다시 또 시부렁시부렁 티격태격

제주에서

바람 많은 며칠을 보내다 갑니다
바람에 떠밀려 여기까지 왔다가
바람에도 넘어지지 않는 직립을 배웁니다
펄럭이는 바람에 옷깃이 길을 쓸고
덩달아 바람이 나고 만 춘삼월입니다
저는 그 바람에 젖은 가슴을 말렸지만
그대 가슴은 온 데 구멍이 숭숭하군요
사랑이란 누군가의 가슴에
저런 구멍 하나 만들어 놓는 일
누구보다 먼저 가서 그 허공에
씨앗 하나 숨기는 일
내년 이맘때 그대 이 길 지날 때
바람꽃 한 송이 피어 있겠지요

할미꽃 전설

어머니들은 그날 구덩이로 가셨다
어머니가 태어난 구덩이
날 낳으신 구덩이
구덩이의 구덩이
어머니의 어머니가 돌아가신 구덩이
반듯하게 누우신 채 명경 같은 하늘이
치렁치렁 은빛 머리카락을 드리웠다
술렁, 어머니의 손아귀를 빠져나온 머리카락
하나 둘 바람을 따라가고
남은 한 올 구덩이로 내려서며
부지런히 삽질을 했다
반듯하게 불룩하게
어머니를 받아낸 머리카락 구덩이를 덮고
구덩이 꼭짓점 위로 올라와 하늘하늘 숨쉬고 있다
그 한 올 머리카락 부여잡고
어머니 가슴에 엉겨붙어 있던 한들이
구덩이를 뚫고 구덩이를 짚고 나왔다
바람이 그것들을 흔들며

멀리 갔던 머리카락 꽃들을
줄줄이 불러들였다
구덩이 주위에 만발한 꽃들을 보려고
어머니들이 땅에서 걸어 나오셨다
푸석한 흙무덤 걷어내고 모두 얼굴을 내미셨다

의기양양

희망의 섬 그래도를 발견한 김승희 시인의 뒤를 쫓아
나도 섬 찾기에 나선 것이었는데
새 섬은 못 찾고 그래도에 의지해 망망대해로 나아가다
나도 너도 누구도 한번도 생각해 본 적 없는
오대양 너머 출렁이고 있는 또 다른 바다
태평양 대서양 인도양 너머 의기양양
하루에도 몇 번씩 이름 바뀌는
울어도 웃어도 죽어도 살아도 너머
가도 가도 다 못 갈 섬
헤아릴수도 끝이없어도 너머
조금 살다 내버린 쌍둥이섬 아마도 아직도 지나
오대양 육대륙 너머 마침내 모습을 드러낸
세상에서 가장 큰 바다 의기양양
막무가내 떼쓰는 이웃집 막내 머리맡에
가끔 출렁이던 바다
의기양양을 발견하게 된 것이었는데
육안으로도 항공사진으로도 포착되지 않아
아직 사람들 마음속에나 출렁이고 있다는 바다

세상에서 가장 높고 넓은 바다

의기양양을 발견하게 된 것이었는데

버스는 두 시 반에 떠났다

-도요에서

하루 예닐곱 번 들어오는 버스에서 아저씨 혼자 내린다
어디 갔다 오는교 물으니 그냥 시내까지 갔다 왔단다
그냥 하는 거 좋다 고갯마루까지 가 보는 거
누가 오나 안 오나 살피는 거 말고 먹은 거 소화시키는 거 말고
강물이 좀 불었나 건너마을 소들은 잘 있나 궁금한 거 말고
그냥 나갔다 오는 거 주머니 손 찔러넣고 건들건들
한 나절 더 걸리든 말든 그냥 나갔다 오는 거
아저씨는 그냥 나갔다 온 게 기분 좋은지
휘파람 불며 그냥 집으로 가고
오랜만에 손님을 종점까지 태우고 온 버스는
쪼그리고 앉아 맛있게 담배 피고 있다
그냥 한번 들어와 봤다는 듯
바퀴들은 기지개도 켜지 않고 빈차로 출발했다
어디서 왔는지 아비가 누군지 알 수 없는 새끼를
일곱이나 낳은 발발이 암캐와
고향 같은 건 곧 까먹고 말 아이 둘을 대처로 떠나보낸 나는
멀어져가는 버스 뒤꽁무니를 바라보았다
먼지를 덮어쓴 채 한참

비

비 내린다
하늘에서
내린다
물은 더
필요없다고
내린다
너희들 먹으라고
내린다
땅이 맛있게
받아먹는다
오늘은 먹고 남아
아래로 아래로
보낸다
여기도 되었다고
쨍쨍 해 편에
돌려보낸다

겨울 그리고 봄여름가을

동지冬至

긴 겨울밤이 빚은 새알심 속으로
까무잡잡한 아이 하나 걸어 들어갔다
데굴데굴 여인들의 손바닥을 지나
끓는 팥죽 솥 안으로 굴러 들어갔다
새알심 팥죽 먹고 덩더쿵
긴 밤 달과 별 만나 덩더쿵
쫀득쫀득해진 새알심
팥죽 밖으로 걸어 나와 덩더쿵
새알심 먹고 얼굴 말개진 아이들
탯줄 감고 나와 덩더쿵

조춘早春

가장 먼저 오는 새
후투티를 불러놓고
후둑후둑 겨울새 날아간다
가장 먼저 돋는 풀
냉이 달래 깨우며

쑤욱쑤욱 한 줄기 훈풍이 지나간다
푸른빛만 남은 이파리
너 들어갈 자리

성하盛夏
해는 중천
그림자는 발 아래
째앵째앵
땀 말리는 은방울꽃
불볕 지난 뒤
한 뼘씩 허리를 펴 보는 가지
등 두드려 주고 가는 어머니 산

만추晩秋
그렇게 주고도 더 줄 게 남아
바람은 칭칭
옆구리 감으며 오네
그렇게 받고도 더 받을 게 있어

단풍은 멈칫
손 내밀고 섰네
줄줄 흘리며 술술 뒹굴며
뿌리로 왔던 길을 뿌리로 가네

| 대담 |

우둔과 실패를 가공하는 시

최영철 | 최학림

최학림 이번 시집은 1986년 한국일보 신춘문예 등단 이후 열 번째 시집이다. 축하한다. 정말 열심히, 모범적으로 시를 써왔다는 생각이 든다. 그러나 형은 항상 시집이 나올 때마다 이제 그만 써야지, 라는 말을 넋두리처럼 하곤 했다. 3, 4년 만에 시집 한 권을 출간할 정도로 성실하게 시를 써왔는데 왜 '그만 써야지'라는 말을 빼먹지 않고 해왔던 것인가. 그 '고급한 엄살'에 깃든 뜻은 도대체 무엇인가.

최영철 시도 애첩과 같아서 자꾸 예쁘다고만 하면 안 된다. 간땡이가 부어 방만해지기 쉽다. 저나 나나 아슬아슬하게 눈칫밥을 먹고 사는 게 낫다. 시의 동력은 포만이 아니라 모든 걸 탕진한 것 같은 상실, 또는 허기 같은 것이다. 적당히 아무 데나 주저앉으려는 놈을 막장까지 갖다놓고 싶은데 사실은 그게 잘 안 된다. 그다지 염두에 두지 않고 있었는데 열 번째 시집이라니 끔찍하다. 쓸데없는 걸로 종이 낭비하고 다른 사람 시간 뺏은 거 같아 미안하다. 그래도 시 쓰는 게 그나마 착한 일이라고 자위했는데 그것도 아닌 것 같다. 어쩌면 세상에 큰 뜻이 없었던 옛날 시인들처럼 한 잔 흥에 날려 보내는 게 시였을 텐데 나를 포함한 요즘 시인들은 시시콜콜한 거까지 다 기록하고 그걸 또 남기지 못해 안달이다. 처음 시를 쓰기 시작한 건 끈질기게 날 붙잡고 놓아주지 않던 허무로부터 도망치기 위해서였는데 그 허무가 소멸되기는커녕 점점 골이 깊어진 것도 같다.

최학림 1부의 시들을 읽고서는 의외였다. 시대와 세상을 향한 검붉고 뜨거운 시의 열정이 농도 짙었다. 이상하게도 도요의 고요한 자연 속에 가서 더 뜨거워졌다. 어찌 세상 걱정을 다 하고 계시는가. 그 걱정이 너무 커서 추상적이고 큰 표현을 구사한 시도 있고, 질퍽거리는 수렁 같은 시도 보이는 것 같다. 시는 빙산을 깨는 바늘의 전략 같은 것이어야 하는데 형은 1부의 어떤 시들에서는 빙산을 깨는 망치의 전략을 구사하고 있다. 그 망치를 드는 것은 좀 무겁지 않은가.

최영철 말이 너무 남발되고 있는 세상이다. 시는 범람하는 세간의 말들을 단 몇 줄로 응축하는 일이기도 하다. 80년대는 소통이 화두였지만 지금의 시는 얼마나 덜 말하면서 얼마나 더 말한 것 같은 효과를 내느냐에 존재 이유가 있다. 그렇다고 오리무중에 빠지지 않고 급소에 가닿는 것, 그런 욕망에 휩싸이려고 한다. 바늘이 아닌 망치로 보여 미안하다. 그렇지만 바늘로는 이 세계의 불화를 감당하기에 어림도 없지 않은가. 나는 눈물이 더 잦아졌다. 망치를 들고 세상을 깨부수고 싶은 날이 있다. 시는 더 절박하고 절실해야 할 것이다.

최학림 여섯 번째 시집『일광욕하는 가구』(2000년), 그 즈음의 시집들에서부터 시들이 차츰 경쾌해지고 밝아져왔는데 이제 다시 어두워지고 있는 듯한 느낌이다. 1부에서만 보면 「러시안룰렛게임」, 「황토의 역사」, 「외로운 밤 조용한 밤 불안과 잠든 밤」, 「흐린 후 흐림」 등의 시가 그렇다. 이는 참으로 역설적이다. '밝게 노래한' 도요의 자연 속에 갔는데 외려 더 어두워지다니.

최영철 97년 머리를 다쳐 수술받고 깨어난 이후 나는 한동안 신생아의 옹알이처럼 삼라만상에 경탄하는 즐거움을 누렸다. 이제 다시 고뇌하는 사춘기 시절로 돌아온 모양이다. 나는 촌에 살지만 여전히 내가 바라보는 곳은 도시다. 촌에 사는 사람들은 내가 걱정하지 않아도 너무나 잘 산다. 해 뜨면 들에 일하러 나가 골목에서 사람을 만나기 힘들고 해 지면

대부분 불 끄고 자기 때문에 또 사람을 만나기 힘든다. 강 너머 떼거리로 모여 사는 저잣거리가 문제다. 거기서 오늘도 사람들이 짓밟히고 떠밀리고 쓰러져 죽어간다. 떨어져서 보니 그게 더 잘 보인다. 새로운 것들이 우후죽순 솟고 있지만 그게 생성이 아닌 소멸로 가는 길처럼 느껴진다. 머리가 아프고 숨이 막힌다.

최학림 2014년 세월호 비극을 그 밑에 깔고 있는 「난파 2014」 같은 시도 보이더라. "엎어진 채 전속력으로 달리고 있었습니다"라는 첫 문장부터 읽기 힘들었다. 언젠가 술에 취해 뛰어가던 한 시인이 넘어져 도로 바닥에 얼굴을 사정없이 갈아버리는 장면을 본 것이 기억나 소름이 끼칠 정도였다. 과연 우리 시대는 끔찍한 것인가. 인간에게 희망은 없나. 인간은 언젠가 바닷가 모래 위에 그려진 얼굴처럼 사라질 것이다, 라는 푸코의 말이 무섭다.

최영철 20세기부터 인간의 파국은 본격적으로 시작된 게 아닐까. 그에 대응하는 방법이 두 가지일 것이다. 하나는 아름답고 선한 희망을 보여주는 것이고 하나는 추하고 악한 실상을 극대화해 말하는 것이다. 변덕이 심한 나는 이 길에도 서 보고 저 길에도 서 본다. 하지만 지금은 선택의 여지가 없다. 파국을 막으려면 지금의 파국을 과대 포장해 적나라하게 보여주어야 한다. 그것이 마치 몇몇 사람의 잘못인 양 떠드는 걸 보는 게 괴롭다. 우리는 모두 공범이고 방관자다. 이대로 간다면 당연히 인간은 멸종된다. 멸종되지 않으려면 누군가 아픈 소리를 더 크게 내질러주어야 하는데 이를테면 시인이 그 적임자다.

최학림 형은 "부산 시의 주류는 모더니즘 시"라고 말을 하곤 했다. 서정시를 주로 쓰는 형의 이야기치고는 좀 이색진 말이다. 과연 그간 형의 시집들에는 모더니즘류의 시, 해석이 조금 어려운 시들이 간간이 들어 있었다. 이번 시집에는 더 많이 들어 있는 것 같다. 그러니까 모더니즘의 눈치를 더 많이 봤다는 말이다. 그 눈칫밥을 언제까지 드시려는가.

최영철 부산 시의 주요 맥락은 모더니즘이고 소설의 주요 맥락은 리얼리즘이었던 것 같다. 다만 1980년대로 넘어오며 시대적 상황 때문에 리얼리즘 시가 생성되었지만 부산의 리얼리즘은 그 시절의 주류와는 조금 다른 독특한 면이 있었다. 주류에 무조건 편승하지 않고 조금 다르게 해보려 한 시도는 값지게 평가되어야 한다. 방법적 모색이 없는 리얼리즘은 진부한 동어반복이 될 수밖에 없고, 현실을 떠난 모더니즘은 공허한 독백이 될 수밖에 없다.

최학림 나를 먼저 사로잡았던 시는 「버스는 두 시 반에 떠났다」였다. 일 없이 그냥 시내 나갔다 온다며 버스에서 내리는 아저씨의 심심한 말을 받아 "그냥 하는 거 좋다 고갯마루까지 가보는 거/누가 오나 안 오나 살피는 거 말고 먹은 거 소화시키는 거 말고"라는 구절들이 한 방 때렸다. 저 야릇한 '그냥'에 우리 삶의 비밀이 깃들어 있는 것처럼 여겨졌다. "어디서 왔는지 아비가 누군지 알 수 없는 새끼를/일곱이나 낳은 발발이 암캐와/고향 같은 건 곧 까먹고 말 아이 둘을 대처로 떠나보낸 나는/멀어져가는 버스 뒤꽁무니를 바라보았다/먼지를 덮어쓴 채 한참". 이 시의 마지막 몇 줄은 그 '그냥'의 '뒤꽁무니'를 어쩔 수 없이 '먼지 덮어쓴 채 한참' 바라보고 있는 모습 같다. 과연 '그냥'에 우리 삶의 비밀이 있는 것 같다.

최영철 그냥이라는 말, 참 재밌는 말이다. 긍정도 아니고 부정도 아니지 않는가. 딱 부러지는 걸 좋아하지 않는 나 같은 놈을 위해 만들어진 말 같다. 나는 시골 마을에 그냥 도둑놈처럼 슬그머니 들어와 산다. 마을 사람들이 나를 보며 이상한 놈이라고 속으로 생각할 것이다. 제대로 된 점방도 하나 없는 이런 촌구석에, 농사도 짓지 않고 살고 있으니, 뭘 먹고 사는지가 항상 걱정이다. 그래서 이웃 아주머니들은 밭에서 뭘 수확해 가면서 담 너머로 던져주고 간다. 나는 누가 던져준 것인지도 모르는 그걸 아구아구 뜯어먹고 산다. 너는 뭐 하러 이 촌구석에 왔느냐? 무슨 짓을 해서 먹고 사느냐? 이쪽이냐 저쪽이냐? 같은 걸 묻지 않아서 좋다. 유식한 체하지 않아도 되고 점잖은 체하지 않아도 되니 좋다. 나는 그냥 강아지들이나 쓰다듬어주며 바보처럼 살고 있는 중이다. 내가 원하는 식으로 터무니없이 잘 살아서 벌 받을 것 같다.

최학림 부산에 살다가 김해의 도요마을에 들어간 것이 언제인가. "시골길 가다 말고/밭두렁에 앉아 흙을 만져보는데"('흙을 만졌다')라는 구절은 너무 육감적이다. 「바다, 검은 달」, 「우레」, 「가을」, 「밤과 바람」, 「무척산 편지」 같은 시를 읽으면, 그 속의 자연은 '지켜보던 자연'에서 '젖어든 자연'으로 변한 것 같다.

최영철 도시의 인간은 자연을 바라본다. 조망한다. 때로는 독점하고 소유하기도 한다. 자연을 즐긴다고 말하기도 한다. 하지만 여기서는 나도 자연의 일부다. 내가 자연의 일부가 될 자격이 있는지 없는지 여기 들어와 한참 생각하였다. 그러나 그런 생각 자체가 시건방지다는 걸 최근 깨달았다. 자연이 보는 나의 존재감은 티끌 하나 정도로 미미할 것이다. 그런 질문 자체가 자연에 대한 큰 실례다. 그래서 요즘은 아무 말 하지 않고 산다. 가끔 꽃 핀 걸 보며 한 번, 잠깐 만져 봐도 되겠습니까? 물어보기는 한다.

최학림 '서면의 추억'을 되새김질하는 시가 있다. 그 시절에 대한 그리움이 밟힌다. 「서면 천우짱」에서는 "매정하게 돌아서 간 청춘이 불쑥 돌아올 것 같"다며 옛 거리를 서성이고 있고, 「색다른 만세사건」에서는 "남단의 최고 번화가 부산서면로터리에 방뇨"한 옛일을 불러오고 있다. 왜 도요의 자연에 들어가서 '서면의 추억'을 곱씹고 있는가. 도요가 정말 심심하고 적막한가. 추억을 되새김질하는 것에는 노년 초입의 심경이 투영돼 있는 것인가.

최영철 부산이 그립기도 하고 부산을 그리워해야 할 의무 같은 것도 내겐 있다. 내 생의 99퍼센트의 기억이 내장된 곳이다. 그걸 날려버리지 않으려고 서울살이도 2년을 못 넘기고 내려왔다. 요즘은 가끔 부산 나가면 사람들에게 연락 않고 부산을 쏘다니다 올 때가 있다. 머리를 다친 이후로 기억 창고에 구멍이 나버렸는데 그걸 조금이라도 복원할 수 있을까 싶어 부산을 어슬렁거리며 돌아다닌다. 참 가난하고 무능하고 대책 없었던 청춘이었지만 그 기억을 부산이 다 쥐고 있다. 나는 그 기억의 부스러기라도 건질 속셈인데 부산은 그마저도 저작권이 자기에게 있다며 잘 내놓지 않는다.

최학림 낙동강변의 도요마을에 들어가서 형은 도요출판사를 거점으로 문화운동을 하고 있다. 도시를 떠나 시골과 자연 속에서 외려 농도 짙은 문화운동을 펼치고 있는 아주 특이한 형국이다. 문화운동을 하겠다고 미리 생각하고 도요로 들어간 것인가. 아니면 이윤택 선생이 일을 벌이고 그 뒷감당을 하는 것인가. 시 「부산이라는 말」에 이런 행이 있다. "오랫동안 굳은살과/바짝 조인 허리띠와/움켜쥔 땀방울을/슬슬 풀어주고 싶다는 것/슬슬 닦아주고 싶다는 것". 형이 평생 살았던, 저 중요한 주제 '부산'을 슬슬 갈무리하겠다는 얘기로 들린다.

최영철 도요는 일찍이 형제의 의를 맺은 이윤택 선생을 따라 들어온 것이다. 출판의 전 과정을 혼자 처리하는 일이 조금 버거웠다. 연극 팀들이 공연하러 나가고 없는 큰 공간을 혼자 지키는 날이 많았다. 그걸 만회할 생각에 이런저런 일을 시작했다. 매월 하고 있는 '맛있는 책읽기'는 어느덧 60회를 넘겼다. 시 쓰는 일도 근원을 따지고 들어가면 심심해서 시작된 일일 거다. 문득 내가 살고 있는 거처의 입지가 생각났다. 부산도 아니고 경남도 아닌 어중간한 변방이지만 부산과 경남을 아우르는 중간 지점이라는 데 생각이 미쳤다. 잠시 일상을 벗어날 수 있게 이런 변두리로 초대하는 게 하나의 선물이 될 것 같았다. 그렇게 부산과 경남의 시인들을 불러 책 읽고 이야기하는 프로그램을 만들었던 거다. 마침 이윤택 선생께서 도요에 아담한 소극장까지 만들어 연극 공연도 병행하고 있다. 변방이니까 이런 궁리가 가능했고 또 지속적으로 중단 없이 하게 된 것이다. 멀고 불편한 길을 마다하지 않고 여기까지 와주는 독자나 관객들 역시 그 변방의 즐거움을 누리기 위해 오는 게 아니겠는가. 이것만으로도 나는 변방이 희망이라고 생각한다. 변방은 도시와 중심에서 다 말아먹은 자들이 혹시나 하는 기대로 찾아오는 곳이다. 도요의 프로그램들이 그렇게 탕진한 자들에게 새로운 동기가 되기를 바란다. 도요의 자연은 그런 사람들에게 느닷없는 보너스 같은 걸 거다.

최학림 시 「금정산을 보냈다」는 아들이 중동 갈 적에 가슴 주머니에 쥐어 보낸 '무언가'에 대해 쓴 것이라고 한 산문에 써놓았다. 우선 실제 에피소드가 궁금하다. 무엇보다 이 시가 품고 있는 '금정산'의 상징적 이미지가 넉넉하게 다가오면서 공명한다. 시집 한 권이 이 한 줄로 집약되는 그런 뭉클한 공명이다. 그런데 뭉클해지는 그 '무언가'가 형이 지금 살고 있는 도요마을의 자연인 것도 같고, 그 자연이 머금고 있는 어떤 적막인 것도 같고, 힘 넘치는 거친 청년과 삶을 다

독거리며 이모저모를 모색하는 중년을 거친 뒤 형이 지금 이른 고요한 지경인 것도 같고, 이 시집이 발산하는 전체 아우라 같기도 하다.

최영철 우리 아들은 오리지널 부산 생이다. 어디 가 살든지 힘든 걸 버티게 하는 것은 고향이나 핏줄 같은 게 아니겠는가. 환경도 좋지 않고 위험하기도 한 요르단에 가겠다고 했을 때 나는 그게 다 무능한 애비를 만난 탓인 것 같아 무척 마음이 아팠다. 그럼에도 딱히 손에 쥐어줄 게 없었다. 그래서 쥐어준 게 제 모태와도 같은 금정산이었다. 덕분에 아들은 탈 없이 2년을 일하고 돌아왔다. 아들을 위해 고작 한 짓이 이 시를 단숨에 쓴 일이었지만 시의 위대함이 이런 데 있지 않겠는가. 금정산을 통째로 선물하는 일이 시 아니면 어떻게 가능하겠는가.

최학림 형의 블로그가 있더라. 블로그 이름은 단출하다. '최영철'. 그 단출한 이름의 블로그 속에는 시인 최영철의 거의 모든 자료들이 차곡차곡 집적되고 있다. 2014년 3월에는 '자술 연보'도 썼다. 형은 지난해 연말의 어느 술자리에서 지나가는 말로 "이제 죽어도 된다 아이가"라고 했다. 나는 그 말이 느닷없이 떠오르면서 이 '자술 연보'의 발칙함은 뭐지, 이건 뭐지, 라며 당혹스러웠다. 비유적으로 묻건대, 가야 할 길이 구만리장천인데 왜 벌써 '자술 연보'를 썼는가. 그것을 쓰게 하는 것은 삶의 긴장인가, 아니면 시적 이력의 완숙함인가.

최영철 자술 연보는 계간 『문학청춘』에 특집을 하면서 요청에 의해 만들어진 것이다. 나는 형의 말처럼 '가야 할 길이 구만리'라고는 생각지 않는다. 그렇게 되어서도 안 된다. 사회적으로도 장수는 재앙이지만 자의식이 소멸되는 시기까지 살고 싶지는 않다. 가끔, 아니 자주, 나는 오늘이 마지막이어도 괜찮은가 하는 질문을 던진다. 인간의 패악은 그 당연한 죽음을 망각하고 살기 때문에 일어나는 게 아닐까. 오늘 죽을 수도 있는데 대체로 천년만년 살 것처럼 행동한다. 나는 그런 사람이 싫다.

최학림 「호박이 굴러들어온 날」이란 시는 예사로운 시가 아닌 것 같다. 한 생이 이를 수 있는, 이제 끝나도 된다는 도저한 깊이가 느껴진다. 개하고 스스럼없이 노는 역설도 보여주고 말이다. '모든 것(Everything)'을 향해 왔는데 이제 그 지점에 이르러 '아무것(Nothing)'도 아니다, 라고 말하고 있는 것이다. 하기야 모든 것은 아무것도 아니지 않은가. 생은 아무것도 아닌 것을 모든 것으로 여기며 살고, 결국 모든 것에 이르더라도 아무것도 아니라는 것을 깨치는 것일 터이다.

과연 그러하지 아니한가. 아니 도대체 말라비틀어진 이 말은 무엇이란 말인가.

최영철 우리는 어딘가를 향해 계속 가고 있지만 그 정점은 고지가 아닌 끝일 뿐이다. 영화 〈고지전〉에 멋진 대사가 하나 나온다. 지옥에 가야 하는데 여기보다 더 지옥이 없어 여기 살고 있다는 말. 인간의 패악은 그걸 부정하고 두려워하고 회피하려는 데서 나온다. 반대로 행복과 평온은 그걸 인정하는 지점에서 주어지는 게 아닐까. 언제라도 죽음을, 끝을 받아들일 준비가 되어 있을 때, 또 지옥을 직시할 때, 오늘이 마지막이어도 괜찮다고 생각할 때, 삶은 정말 눈부시도록 아름답고 찬란해지는 게 아닐까. 그리고 원하는 걸 하나라도 더 가지려는 때가 청춘이라면 원하지 않는 걸 덜 가졌으면 좋겠다고 생각하는 게 말년이다. 나는 지금 슬슬 완행열차로 갈아타고 있는 중이다. 느리고 불편하지만 삶의 진경을 놓치지 않는 완행열차가 역시 좋다.

최학림 「사나이들」, 「색다른 만세사건」, 「할미꽃 전설」 등의 이야기성이 들어 있는 시를 보면서 그 시행들이 점차로 벌이고 있는 이 세계와 삶의 비밀한 틈들이 묘하다. 거기에 돈오점수 같은 오래 묵은 수행 과정이 보이는 듯하다. 그 오랜 수행의 과정을 견디게 하는 시의 비밀이라도 있는가. 우문에 현답을 달라.

최영철 현답은 없다. 시는 어차피 현답을 쓰는 게 아니다. 주류의 사고에서 벗어난 엉뚱한 발상이 더러 시가 되지 않던가. 수행하듯 시를 쓴다는 말이 예전에는 덕담이 될 수 있지만 지금은 그렇지 않은 것 같다. 설사 수행하듯 시를 쓴다고 해도 그것을 독자에게 들키지 않아야 한다. 독자가 그걸 알면 다 도망가 버리니까. 그렇다고 해도 나는 수행하듯 시를 쓰고 그 수행의 결과로 자유로운 영혼이 되고 싶다. 나의 희망은 삼라만상 모든 이치의 평등한 가치를 조금이라도 깨닫는 것이지만, 결코 쉬운 일이 아니다.

최학림 참으로 술을 많이 마시지 않았는가. 1997년의 시집 『야성은 빛나다』에서는 「소주」를, 2010년 시집 『찔러본다』에서는 「막걸리」를 노래했다. 술이 약해지는 과정이 보이는 듯하다. 그런데 이번 시집에서는 「밥과 술」을 견주면서 "돌아갈래야 돌아갈 수 없어"라며 안타까워하고 있다. 술 실력이 많이 줄었다는 말인가. "술이 안 되면 무홍 무취의 청맹과니"라고 했는데 과연 그 청맹과니에 이르러 편안하게 계신가.

최영철 20대 초반에는 부산 서면 뒷골목의 구멍가게에 딸린 막걸리 집에서 하루 종일 막걸리를 마신 날이 많았다. 거기서 알게 된 또래들과 개똥철학을 늘어놓곤 했다. 나의 인생 수업은 도서관이 아니라 막걸리 집에서 이뤄졌다. 시가 작동되는 시점도 주로 취흥이 올랐다가 다음날 술이 깨는 경계 지점이었다. 시는 무엇보다 흥의 장르인 것인데 술이 내 안에 잠자고 있는 흥을 깨워주는 것이다. 지난해 다시 한 번 더, 의사로부터 술 담배 다 끊으라는 경고를 받았지만 아직 술은 끊지 못했다. 그렇다고 혼자 마시지는 않는다. 근처에 술친구는 없고 주에 두어 번 정도 아내를 앞에 앉혀놓고 반주 정도 마신다.

최학림 형은 머리글에 "때로 우둔이 길 없는 길을 오래 가게 한다"라고 썼다. 우둔은 소의 엉덩이 살이라고도 한다는데 그래서 '엉덩이로 쓰는 시'라는 말이 자연스레 떠오른다. 시는 삶으로 쓰는 것인가, 타고난 재능으로 쓰는 것인가. 시를 삶으로 밀고 나갈 수 있는 우둔이 과연 타고난 재능인가. 김현의 말을 비틀자면, 우둔이 재능이라면 형은 대단한 재능의 소유자다. 나에게도 따스하고 고요해질 때까지 눈 맞출 수 있고 그윽하고 넉넉해질 때까지 바라볼 수 있는 '금정산'을 조금 나누어주어서 고맙다.

최영철 천재 시인들은 타고난 재능으로 쓰는 것이지만 나의 경우는 '엉덩이로 쓰는 시'가 맞다. 우둔과 실패를 가공하고 포장하는 게 내 시다. 인간의 모든 성과 역시 절반은 우둔이 동기요 추동력이었을 것이다. 어리석어야 엉뚱한 발상이 나온다. 나는 내 우둔이 쉽게 녹슬거나 무디어지지 않기를 바란다. 나는 내 우둔에게 감사하고 있다.

• 대담자 최학림은 부산 경남 작가를 탐색한 산문집 『문학을 탐하다』를 냈다.

최영철

1956년 경남 창녕에서 태어나 부산에서 성장했다. 1984년 무크 〈지평〉, 무크 〈현실시각〉, 1986년 한국일보 신춘문예 시 당선 등으로 본격적인 작품 활동을 시작했다. 시집 『아직도 쭈그리고 앉은 사람이 있다』『가족사진』『홀로 가는 맹인악사』『야성은 빛나다』『일광욕하는 가구』『개망초가 쥐꼬리망초에게』『그림자 호수』『호루라기』『찔러본다』, 육필시선집 『엉겅퀴』, 어른을 위한 동화 『나비야 청산 가자』, 성장소설 『어중씨 이야기』, 산문집 『우리 앞에 문이 있다』『나들이 부산』『동백꽃, 붉고 시린 눈물』을 냈다. 백석문학상, 최계락문학상, 이형기문학상을 받았다.

금정산을 보냈다

초판 1쇄 발행 2014년 8월 25일
3쇄 발행 2015년 5월 13일

지은이 최영철
펴낸이 강수걸
편집장 권경옥
편집 손수경 양아름 문호영
펴낸곳 산지니
등록 2005년 2월 7일 제14-49호
주소 부산광역시 연제구 법원남로15번길 26 위너스빌딩 203호
전화 051-504-7070 | 팩스 051-507-7543
홈페이지 www.sanzinibook.com
전자우편 sanzini@sanzinibook.com
블로그 http://sanzinibook.tistory.com

ISBN 978-89-6545-263-8 03810

* 책값은 뒤표지에 있습니다.
* 이 도서의 국립중앙도서관 출판시도서목록(CIP)은 e-CIP 홈페이지
(http://www.nl.go.kr/ecip)에서 이용하실 수 있습니다.
(CIP 제어번호: CIP2014023500)